KB040925

고민을 해결해 드립니다
어린이 기자 상담실

고민을 해결해 드립니다
어린이 기자 상담실

가메오카 어린이 신문 글
요시타케 신스케 그림

정인영 옮김

샘터

차례

안녕하세요! 8

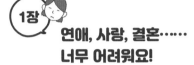

1장 연애, 사랑, 결혼……
너무 어려워요!

**우리 아이는
왜 이럴까요?**

3장 가장 큰 걱정거리는 제 자신이에요

안녕하세요!

우리는 〈가메오카 어린이 신문〉 기자들입니다. 일본 교토의 '가메오카'라는 동네에서 〈가메오카 어린이 신문〉을 만들고 있죠. 보통 '어린이 신문'은 신문사가 어린이들을 위해 만든 신문이라서 '기자가 어른, 독자는 어린이'이지만, 우리 〈가메오카 어린이 신문〉은 '기자가 어린이, 독자가 어른'인 신기한 신문입니다!

우리 신문에서 가장 인기가 많은 코너는 어른의 고민을 우리 어린이 기자단이 해결해 주는 상담 코너랍니다. 그 코너에 연재되었던 글들을 한데 모아 이 책을 만들었죠. 책 안에 고민들만 실려 있는데, 대체 누가 이런 책을 사서 읽을까요?

어른 독자들이 여러 가지 고민을 보내면, 우리는 학교가 끝나고 다들 모여 과자를 먹으며 왁자지껄 이야기를 나누고, 답을 정리합니다. 어른이 되면 고민이 없을 줄 알았는데, 의외로 걱정거리가 많아서 깜짝깜짝 놀라요. 다들 정말 심하게 고민을 많이 하거든요. '직장이', '아이가', '몸매가', '돈이'……. 어른들은 모든 게 다 고민이에요!

어른들이 이렇게 고민만 하면 어떡하나요? 그러니까 대머리가 되거나 스트레스로 피부가 망가지는 거라고요!

너무 걱정하며 살지 마세요. 왜냐하면 고민해 봤자 소용없는 일도 많고, 어른들이 절망적이면 우리 어린이들도 어른이 되기 싫어지잖아요? 어른들이 더 건강하고 밝게 살았으면 좋겠어요!

우리도 짜증나는 선생님이나 부모님 때문에 고민하고, 성적이 오르지 않아서 고민하고, 자리를 바꿨는데 싫어하는 애랑 가까이 앉게 되었다거나, 책가방이 무거워서 허리가 아프다거나, 아무튼 고민이 많다고요!

우리 아빠도 아침마다 "회사 가기 싫어"라며 죽을 것 같은 표정으로 출근하고, 밤에는 더 죽을 것 같은 표정으로 퇴근해요. 그러면서도 나한테는 "학교 가", "공부해", "꿈을 가지는 게 중요해" 같은 말을 태연하게 한다니까요. 어른들은 정말 말과 행동이 달라요. 선생님도 "복도에서 뛰면 안 돼"라고 하실 때는 언제고, 얼마 전에 교무실에서 엄청난 속도로 뛰어나오는 걸 봤단 말이에요. 징말 짜증나요. 하지만 이렇게 말한 건 비밀이에요!

1장

연애, 사랑, 결혼……
너무 어려워요!

Q

여자친구가 결혼을
빨리 하자고 보채서 고민입니다.

32세 남자입니다. 여자친구는 결혼을 하고 싶어 하는데, 저는 결혼해도 별로 좋을 게 없을 것 같은 느낌이 듭니다. 지금 다니는 회사에 계속 있어 봤자 월급도 별로 많이 오를 것 같지 않고, 아이가 태어나면 돈이 더 많이 들 게 뻔하거든요. 여자는 결혼하면 일을 그만두기도 쉽지만, 남자는 그럴 수 없으니 불공평합니다. 아내가 회사를 다니고 제가 집안일을 해도 되겠지만, 친구들이나 세상 사람들의 반응도 신경 쓰이고 왠지 자존심상 그럴 수도 없을 것 같아요.

결혼해서
불평불만이
많은 남자는

결혼하지 않아도
똑같을걸.

우리 엄마 아빠를 보면 결혼하지 않는 게 나았을지도 모른다는 생각이 들어요. 서로 "저런 멍청이랑 결혼하는 게 아니었는데" 라고 늘 말하거든요. 요즘은 남편이 집안일을 도맡아도 이상한 게 아니에요! 그런 모습이야말로 요즘 대세라고요. 열심히 집안일을 해서 '남자 주부' 유행을 따르면 되는 거 아니에요?

그리고 결혼해도 좋을 게 없을 거라니, 대체 좋은 일이 뭔데요? 혼자 살면 행복할 수 있을 것 같아요? 독거노인이 되거나 고독 사하기는 싫잖아요? 모처럼 결혼하고 싶다고 말해 주는 여자친구도 있는데 결혼하지 않는다니 아쉬워요! 기회를 헛되이 날려 버리는 바보 같은 짓을 하면 안 된다고요.

Q

아이돌을 너무 좋아해서
현실 남자들에게
관심이 가지 않아요.

연예인들은 자신의 매력을 최대로 드러내니까, 보고 있으면 나도 모르게 기분이
좋아져요……. 멋있는 사람들만 보다 보니 자연스레 눈이 높아져서 주변에 있는
남자를 만나도 마음이 영 내키지 않아요.

A

현실 남자에게 관심이 없다니 위험하지 않나요? 왜냐하면 우리는 지금 현실을 살고 있잖아요. 잘생기고 능력 있는 남자들은 분명히 뒤로 나쁜 짓을 하고 있을 테니 그만 두는 편이 나아요. 잘생긴 남자가 멋있는 건 사실이지만, 사람은 겉모습이 아니라 마음이 중요하다고요. 어떻게 하는 게 좋겠어요?

현실 남자를 좋아하려면 현실을 마주해야 해요. 물론 저도 시험 성적이 나쁠 때는 현실과 마주하기 싫지만요. 그래도 현실은 소중한 거예요. 그러니까 주변에 있는 남자들과 대화를 나눠 보면 어떨까요? 우선 사람들이 많이 모이는 곳에서 현실의 남자를 관찰해 보세요.

우리 임마는 아빠보다 한류 스타가 좋은가 봐요. 늘 TV를 보면서 "멋있다, 멋있어" 하거든요. 사실 내가 봐도 멋있기는 하지만, 아빠랑 비교하면 아빠가 너무 불쌍해요!

Q

친구가 좋아하는 사람을
좋아하게 됐어요.

친구의 연애를 도우려고 친구가 좋아하는 사람과 친하게 지내다가 그만…….
친구에게 솔직히 말해야 할까요? 사실 좋아하게 된 순서는 상관없다고 생각하지
만, 한편으로는 좀 켕기는 마음이 들거든요.

사람의 마음은 자유라고 생각합니다. 좋아하게 되어 버린 건 어쩔 수 없죠. 하지만 제대로 솔직하게 말해야 해요. 왜냐하면 친구도 소중한 사람이잖아요? 사실을 숨기면 친구 입장에서는 슬프지 않을까요? 연애도 우정도 솔직한 게 최고예요.

흠, 이럴 때는 꼭 그 사람이
친구를 좋아하게 되던데.

뭐……
그것도 좋은 경험이겠지만.

어른들은 생각이 너무 많은 것 같아요.
그러니까 머리숱이 줄어들거나 대머리가 되는 거라고요!

Q

연애한다는 게 대체 뭘까요?
이젠 나도 잘 모르겠어요.

연애란 원래

'잘 모르는 기분이 되는 것'이라고 생각합니다.

그래서 다들 연애를 하는 거겠죠.

Q

연애와 사랑은 다른 건가요?
남자친구가 부탁을 거절할 때마다
"나를 사랑하지 않는 거야?"
라고 물어요.

결혼하지 않으면 '연애', 결혼하면 '사랑'입니다.
'연애'는 짧고 '사랑'은 길어요.
왜냐하면 다들 연애는 덧없고 한순간이고,
사랑은 영원하다고 하잖아요?
그러니까 '연애'는 짧고, '사랑'은 길죠.

Q

대머리가 되면
결혼을 못하게 될까 봐
걱정입니다.

30대 초반의 미혼 남성인데요, 최근 머리숱이 줄어들기 시작했습니다. 머리카락 사이로 두피가 보이기 시작하길래 이런저런 방법을 써 보고 있는데 효과가 없네요. 외국 배우들은 대머리여도 잘생긴 사람도 많은데, 저는 아무리 노력해도 잘생겨 보이지 않는 것 같아요.

답은 하나밖에 없네요.

돈이에요.

부자는 대머리여도
다들 좋아하잖아요.

미역을 먹으면 효과가 있대요. 그래도 머리카락이 나지 않으면 미역을 뒤집어써 보세요. 그게 아니면 어중간한 건 좋지 않으니까 차라리 전부 밀어 버리고 빡빡머리가 되는 편이 낫죠!

결혼 전에 대머리인 것과 결혼 후에 대머리인 것, 어느 쪽이 더 나쁠 것 같아요? 당연히 결혼 전에 대머리라고 솔직하게 털어놓는 편이 나아요. 상대방도 그 사실을 받아들이고 결혼하면 사기는 아니잖아요.

Q

결혼하려고 노력하는 것도
이제 지쳤어요.
도대체 결혼을 왜 해야 하는지
점점 더 모르겠네요.

좀 더 자세히!

저는 30대 후반의 여자이고, 결혼 상대는 연봉이 저보다 많거나 비슷한 정도, 나이는 다섯 살까지 많아도 O.K., 이혼했더라도 아이만 없으면 괜찮아요.
외모도 멀끔하기만 하면 다른 건 별로 개의치 않아요. (대머리가 아니라면 더 좋겠지만요.) 그런 사람과 데이트는 하고 있지만 '결혼하고 싶다'고까지 생각하는 상황은 아니에요. 하지만 아이는 낳고 싶은데…….

A

전부 다가 아니라도 세 가지 조건만 갖추면 괜찮지 않을까요? 상대방에 대한 조건은 다 자기중심적인 생각일 뿐이에요! 우리 아빠도 대머리에다 뚱뚱한데, 엄마가 어쩔 수 없이 결혼했다고 했거든요! 너무 조건만 따지면 안 돼요.

투덜투덜

어른이 되고 싶지 않아요! 왜냐하면 전혀 즐거워 보이지 않는걸요. 아빠는 출근할 때마다 "회사 가기 싫다"고 하고, 할머니도 "나이 먹으면 좋은 일이 없단다. 지금이 제일 좋을 때야"라고 말씀하신단 말이에요.

Q

딸이 정규직이 아닌 남자친구와
결혼하겠다고 합니다.
지금이야 무슨 일이 생기면
도와줄 수 있겠지만,
우리 부부가 죽은 다음에는
어떻게 살지 불안합니다.

정규직은 회사에 다니면서 일하는 사람이죠? 지금은 시대가 바뀌었어요. 프리랜서라도 가정을 잘 꾸려 나가는 사람도 많이 있다고요. 그러니 괜찮을 거예요.

이런 걱정을 하다니 시대에 뒤떨어진 분이네요. 지금은 21세기잖아요! 도대체 무슨 말을 하는 거예요? 사윗감의 매력을 찬찬히 찾아보도록 하세요!

툴덜툴덜

첫째는 고달파요. 동생들이 툭하면 울며불며 부모님한테 일러바쳐서 짜증나거든요. 항상 나만 악역이라니까요? 이젠 좀 그만했으면 좋겠어요.

Q

이성에게 인기를 얻는 비결을
가르쳐 주세요.

쌤 더 자세히!

46세 남자입니다. 아직 미혼인데 빨리 여자친구를 사귀어서 결혼해야 한다는 마음에 상당히 초조합니다.

저희도 인기가 있었던 적이 없어서 할 말이 없네요. 인기 있는 애들을 보면 솔직히 짜증나요. "완벽한 사람은 이 세상에 없어!" 하고 소리를 지른 적도 있다니까요. 하지만 아무리 소리를 질러 봤자 여전히 인기는 없겠죠.

매력남이 되기 위한 일곱 가지 조건을 어디선가 들은 적이 있어 요. 잘생기고, 깔끔하고, 냄새나지 않고, 똑똑하고, 말을 잘하고, 눈치가 빠르고, 상대방을 다른 사람과 비교하지 않을 것. 모든 조건을 다 갖추기는 무리겠지만 노력해 보세요.

그리고 설마 마흔여섯 살인데 20대 여자 친구를 찾는 건 아니 겠죠? 나이가 비슷한 사람의 마음을 얻어야 하지 않을까요? 그 러다가 힘들면 결혼하지 않아도 되잖아요? 마흔여섯 살은 결혼 하지 않는 게 더 편한 나이라고 생각하거든요.

어른들은 "나중에 다 도움이 되니까 열심히 해!"라고 잔소리하지만, 무엇이 어떻게 도움이 된다는 건지 확실하게 알려 주지 않으니까 열심히 할 수가 없어요.

Q

잔소리가 심한 남자친구와
계속 만나야 할지
고민 중이에요。

 더 자세히!!

"소파에 누워 있지 마", "치마에 주름이 졌네", "양치질하면서 돌아다니면 어떡
해?", "가방 열렸어" 등등 이러쿵저러쿵 잔소리를 늘어놓아요.
'하나를 보면 열을 안다'는 게 남자친구의 주장이거든요. 하지만 잔소리 말고 다
른 점은 다 좋아서 계속 사귀어야 할지 고민이 되네요.

A

원래부터
그릇이 작은 남자네.

다른 점이 좋다는
생각은
기분 탓이야.

맞아 맞아.

자기가 엄마인 줄 아나 봐요! 1,000,000퍼센트 짜증 나는 성격이네요! 대체 뭐죠? 그런 사람하고는 헤어지는 게 좋아요. 왜냐하면 결혼한 다음에도 계속 잔소리를 늘어놓을 거라고요! 내 집 마련이 어쩌고저쩌고, 자녀 교육이 이러쿵저러쿵……. 아마 신경쇠약에 걸릴 걸요?

아니면 남자친구한테 "어휴, 이 털 좀 봐. 제모 좀 해", "너한테서 냄새나!"처럼 똑같이 받아쳐 보세요. 그래야 듣는 사람의 괴로움을 이해할지도 몰라요.

Q

아이의 초등학교 입학에
지나치게 신경 쓰는 아내.
아이가 아직 어린데
공부가 필요할까요?

아내가 "지금 열심히 해야 나중에 편해져!"라며 아이에게 매일같이 공부를 시키는데, 서너 살부터 공부를 시켜야 할 필요가 있는지 의문입니다. 지금은 즐겁게 놀면서 지내는 게 좋지 않을까 싶거든요.

하지만 제 의견을 말하면 "그럼 아무것도 하지 말고 그냥 놔두란 말이야?" 하면서 화를 냅니다. 저는 아이가 철이 든 다음에 앞으로의 일들을 스스로 선택하게 도와야 할 것 같은데요……

나쁜 엄마네요! 아이의 자유를 빼앗고 있잖아요.

부모가 일일이 정해 주지 않아도 아이들은 언제나 스스로 결정할 수 있어요. 아이가 공부를 정말 좋아한다면 공부를 시키고 좋은 학교의 입학시험을 준비해도 되지만, 공부를 별로 좋아하지 않는 아이라면 너무 불쌍해요.

공부는 '적당히' 해야 해요. 초등학교에 들어가기 전부터 입시 준비라니 대체 무슨 생각인가요? 부모 마음대로 키우려고 하니까 아이들이 엇나가는 거라고요. 자기 마음대로 하지 말고 아이에게 자유를 주세요!

Q

남편이 변기에 앉아서
소변을 보지 않아요.

변기 주변에 튀니까 그러지 말라고 부탁해도, "안 튄다니까!" 하며 박박 우깁니
다. 자기가 직접 변기 청소를 하면 마음대로 해도 괜찮은데, 청소는 안 하면서 제
부탁을 안 들어주니까 짜증이 나요.

A

남편의 와이셔츠로
변기를 청소하세요.

화장실을 크게 만들어서 공중화장실에 있는 남자용 소변기를
두면 어떨까요?

하지만 그러려면 돈이 많이 들겠죠. 요즘은 불경기라서 다들 힘
드니까……. 변기에 앉아 소변을 볼 수밖에 없게끔 화장실 천정
을 낮게 만들어 보세요.

Q

맞벌이 부부인데 저 혼자만
집안일을 도맡아서 힘들어요.
남편에게 집안일을 시키려면
어떻게 해야 할까요?

더 자세히!

40세 워킹맘인데, 저 혼자 집안일을 다 떠맡고 있는 상태입니다. 집안일을 목록
으로 만들어 서로의 일을 나눠 봐도, 남편이 도와주지 않으니 어쩔 수 없이 제가
하는 상황이 반복돼요. 어느새 야금야금 제가 모든 일을 다하고 있답니다. 쉬는
날 아이와 놀아 주기만 하는데도, 자상한 아빠라고 칭찬받는 남편을 볼 때마다
짜증 나 죽겠어요.

A

당근과 채찍을 더 고민하는 수밖에 없네요.

강아지 훈련이랑 같아요.

남편이 맡은 일은 남편이 끝낼 때까지 절대 해 주지 마세요. 왜냐하면 자기가 하기로 정한 거잖아요. 학교에서도 "자기가 맡은 일은 끝까지 책임지고 하는 것이 중요해"라고 선생님께서 늘 말씀하시거든요. 집이 엉망진창이 되더라도 남편이 치울 때까지 도와주지 않는 게 좋을 것 같아요.

사람은 기본적으로 자기에게 이득이 없으면 움직이지 않아요. 그러니 어떻게 해야 남편이 집안일을 할지 생각해 보는 게 좋아요! 이를 테면 용돈을 조금 더 올려 준다던가 말이죠. 그리고 우리 엄마가 그러는데, 남자는 단순해서 칭찬해 주면 열심히 한다고 했어요. 이니면 두 분이 좀 더 열심히 일해서 돈을 많이 벌어 가사 도우미를 고용하면 어떨까요?

Q

부부의 사랑이란 뭘까요?
요즘 남편을 좋아하는 건지,
그저 집착하고 있을 뿐인 건지
잘 모르겠어요.
싫어하지 않는 건 확실한데
말이죠…….

A

여자친구도 없는 제 입장에서는 잘 모르겠네요!

하지만 내 마음을 잘 모르겠다는 게 문제잖아요? 좋으면 계속 같이 살면 되고, 아니면 헤어지세요. 인생은 한 번뿐이고, 참아봤자 시간 낭비니까 싫으면 헤어지는 거예요. 그러면 인생이 다시 재미있어질지도 모르잖아요? 고민하는 동안 나이는 계속 먹고, 주름이 늘면 다시 연애하기도 어렵다고요!

투덜투덜

어른들이 명절에 주고받는 선물은 비누나 세제가 아니라 먹을 거였으면 좋겠어요.

Q

남편과 대화하는 시간이
즐겁지 않아요.
어떻게 해야 즐겁게 지낼 수
있을까요?

무슨 말을 걸어도 항상 "응" 하고 건성으로 대답하니 대화가 이어지지 않아요.
저한테는 무심하면서 아이와 즐겁게 대화하는 모습을 보면 더더욱 화가 나고요.

우리 아빠도 별로 말이 없어요. 그래서 종종 엄마가 아빠에게 "사람이 물어보면 대답 좀 해!" 하고 화를 내죠.

그런데 나는 아빠가 불쌍해요. 말하기 싫거나 할 말이 없을 뿐이잖아요. 하고 싶은 말이 있으면 먼저 말을 걸 텐데, 말을 하지 않는다는 건 말하기 싫거나 할 말이 없는 게 아닐까요?

편지를 써 보거나 문자를 보내 보세요!

엄마는 내기 늦잠을 사면 마구 화내면서, 자기가 늦게 일어났을 때는 변명으로 은근슬쩍 넘어가요.

숨어 있는 거북이
10마리를 찾아라!

〈가메오카 어린이 신문〉의 '거북이를 찾아라!'는 신문 곳곳에 숨어 있는 1mm 크기의 작은 거북이를 찾는 인기 코너입니다. 우리 어린이 기자단이 살고 있는 가메오카는 '거북이 언덕'이란 뜻이거든요. 그래서 우리 신문의 마스코트도 '거북이'랍니다.

이 책에도 거북이 10마리가 숨어 있어요. 꽁꽁 숨어 있는 거북이를 찾아보세요!

혹시 어려우면 아래 힌트를 참고하세요. (→정답은 72쪽에)

★ 힌트 : 17쪽, 30쪽, 52쪽, 66쪽, 74쪽, 88쪽, 95쪽, 113쪽, 118쪽, 145쪽

가메오카에서 가장 유명한 거북이, 아케치 가메마루

1573년 10월 23일, 단바(지금의 교토) 가메야마에서 태어났어요. 1578년 단바의 성주 아케치 미쓰히데의 명령으로 건축한 가메야마 성의 해자에 성주의 딸 다마코가 빠져 죽을 뻔했는데, 마침 해자에 살던 거북이가 구해 주었죠. 미쓰히데는 매우 고마워하며 그 거북이에게 '아케치 가메마루'라는 이름을 내리고 무척 귀여워했답니다.

그후 단바 가메야마 성은 1610년 도도 다카토라에 의해 5층짜리 건물도 세웠었지만, 1878년 새 정부에 의해 해체되었답니다. 이제는 해자가 '난고 연못'이 되었고, 성이 있던 자리에는 돌담만 남아 있는데, 성주가 죽은 뒤에도 아케치 가메마루는 등딱지를 투구처럼 머리에 쓰고 날마다 무술을 갈고닦는 데 힘쓰며 가메야마 성이 있었던 자리를 지키고 있답니다.

2장

우리 아이는
왜 이럴까요?

Q

중학교 1학년 아들이 저를
"마귀할망구"라고 불렀습니다.
엄청 충격받았어요.
앞으로 이런 일이
더 자주 생길까요?

A

중학생들은
다들 멍청해서
'마귀할망구' 같은
나쁜 말을 많이 써요.

맞아요.

네, 틀림없이 더 자주 생길 겁니다. 왜냐하면 엄마는 정말 '마귀할망구'거든요. 하지만 잘해 줄 때도 있으니까 평소에는 '할망구', 가끔 '마귀할망구'인 거죠.

혹시 아들한테 "공부했니?"라고 물어보고, 이래라저래라 잔소리를 늘어놓는 거 아니에요? 그런 말을 계속하면 1,000퍼센트 마귀할망구 소리를 들을 거예요!

Q

좋아한다면서
왜 연습을 하지 않을까요?

쓰앵 더 자세히!

아이가 피아노를 배우고 있는데 집에서는 전혀 연습을 하지 않아요. "연습 안 할 거면 그만둬!"라고 했더니 "피아노를 좋아하니까 그만두기 싫어"라고 대답하네요. 좋아하는데 왜 연습을 하지 않는 건지! 아이의 생각을 도통 모르겠어요.

살을 빼고 싶어도 다이어트는 하기 싫잖아요?

나도 야구를 좋아해서 어린이 야구단에 들어갔지만 집에서까지 연습하지는 않아요. 그래서 우리 엄마도 "좋아서 시작한 거니까 연습 좀 해!"라고 야단치죠.

어른들은 어째서 '좋아하면 연습해야 한다'고 생각할까요? '잘하고 싶으면 연습한다'면 모를까, 어른과 아이의 기준은 처음부터 다른 것 같아요. 아이 입장에서는 열심히 하고 있는데 어른의 기준으로 '전혀 노력하지 않는구나'라고 판단하는 태도는 정말 싫어요. 그러니 일일이 "연습해라", "연습하지 않을 거면 그만둬라" 같은 잔소리는 하지 않았으면 좋겠어요. 싫어지면 어차피 그만둘 테니까 그냥 지켜봐 달라고요!

Q

사춘기 아이와의 커뮤니케이션,
어떻게 하면 좋을까요?

고등학생이 되더니 아이의 말수가 줄어들었어요. 뭘 물어봐도 "그냥"이라거나
"별로"라고 대답합니다. 그래서 좀 더 캐물으면 "짜증나" 혹은 "귀찮아!"라며 화
를 내기도 하고요. 지난번에는 심지어 나쁜 말까지 입에 담더군요. 사춘기 아이
와 어떻게 대화를 나누는 것이 좋을까요?

어른이나 아이나
모두 다 똑같아요.

사춘기 때는 아이가 먼저 말을 걸어 줄 때까지 가만히 기다려야 합니다. 아니면 뇌물을 주고 달래든지요. 아니면 같이 낚시를 가는 것처럼 말보다 마음으로 소통하는 게 중요해요. 아이가 좋아하는 곳에 함께 가서 기분 전환을 하는 것도 좋고요. 부모님한테 나쁜 말을 쓰면 반성할 때까지 방에 가두거나 밥을 주지 마세요. 우리가 어째서 부모님을 귀찮아하냐고요? 그건 대답을 했는데도 여러 번 끈질기게 물어보기 때문이에요. 불만이 계속 쌓이다 보니 점점 짜증이 나는 거죠. '숙제해야지'라고 생각하고 있었는데 "숙제해라"라고 하잖아요.

그렇지만 나는 초등학교 4학년 때 버릇없는 행동을 졸업했는데, 고등학생이 되어서도 아직 그 모양이라니 한심하기는 하네요. 어쨌든 가만히 놔두는 게 중요해요. 언젠가는 그런 짓을 그만두고 어른이 될 테니까요!

아들이
제 말을 못 들은 척해요.

우리 집 일곱 살 아들은 청력이 안 좋은 것도 아닌데, "TV 꺼", "빨리 밥 먹어", "이제 가야지"라고 하면 대답을 안 합니다. 몇 번 더 말해 보다가 목소리가 커져야, 그제야 "응" 대답하는 정도예요. "간식 시간이야", "오늘은 외식할까?" 같은 말은 단번에 알아듣고 대답하고요. 어쩌다 몰래 사탕이라도 먹으려고 바스락거리면, "무슨 소리지?" 하고 쪼로록 다가옵니다. 아이의 귀는 어른과 다른 구조인지 궁금하네요.

아마도 계획적인 범행 같네요.

우리 할머니도 상황이 불리할 때만

못 들은 척을 하시거든요!

하고 싶지 않을 때에는
저절로 목소리가 작아져서
엄마 아빠가
못 듣는 거라고.

맞아.
나도 항상
대답은 하고 있어.

······ 마음속에서.

학교 가는 길에 만나면 인사를 해 주는 어른과 그렇지 않은 어른이 있어요. 먼저 인사를 해 주는 어른은 좋은 사람이라는 생각이 들지만, 좋은 사람처럼 보여도 사실은 나쁜 사람일지도 모르니까······ 일단은 좀 더 지켜볼래요!

Q

아이를 어린이집 종일반에 맡길지,
제가 일을 그만두고
오전반에만 보낼지 고민이에요.
어느 쪽이 더 좋을까요?

종일반에 한 표!

당연히 종일반이죠! 왜냐하면 성가신 엄마 아빠랑 떨어져 지낼 수 있잖아요! 어린이집에서는 선생님이 여러 가지 놀이도 가르쳐 주고, 분명 많은 걸 배울 수 있어요. 저도 종일반에 다닐 때에는 엄마 아빠가 늦게 데리러 오면 가끔 화도 났지만, 어린 마음에도 '열심히 일을 하는구나' 하고 이해했거든요.

오전반에 한 표!

집에서만 배울 수 있는 것들도 있다고요. 형제들이랑 놀고 집안일을 돕는 일처럼요. 그러니까 오전에 어린이집에 갔다가 일찍 집에 오는 게 좋다고 생각합니다.

투덜투덜

"이건 여기가 더 싸네", "저건 저기가 더 싸네" 하고 전단지를 꼼꼼히 살펴보는 엄마가 고작 100원 차이로 고민하는 이유를 모르겠어요. 그 시간에 차라리 아르바이트를 하는 게 더 이득일 텐데 말이죠.

Q

아이가 자꾸 주머니에
공벌레를 넣어 와요.

좀 더 자세히!

아이들은 도대체 왜 벌레를 좋아하는 거죠? 매일매일 주머니에서 공벌레가 나온
답니다. 이름 모를 벌레를 집에 가지고 오는 짓도 정말 그만했으면 좋겠어요.

집 밖에
벌레 상자를 놓을 테니
거기에 넣어.
집에 갖고 오지 마!

그런데……

이 상자에는
두 마리밖에
못 넣을걸?

여자아이의 한마디

동감이에요. 벌레를 집에 갖고 가다니 정말 소름 돋아요. 남자애들은 대체 무슨 생각을 하는 걸까요? 돌멩이라면 이해해 줄 수도 있지만요.

남자아이의 한마디

엄마 아빠한테 보여 드리고 싶었을 뿐이야……. 나중에 곤충학자가 될지도 모르니 이해해 줘.

……의견이 모아지지 않으니까, 담임선생님들이 "공벌레를 집에 가져가면 안 된다"고 집에 가기 전에 주의를 주는 게 좋겠네요. 아니면 벌레를 넣는 통이나 상자를 따로 준비해 두면 어떨까요? 살던 곳에서 갑자기 엉뚱한 곳으로 오게 된 벌레들이 불쌍하니 나중에 몰래 놓아 주세요!

Q

아이들은 왜
똥을 좋아할까요?

왠지 모르지만 저도 똥이 좋아요.

왜냐하면 똥 얘기를 하면 신이 나거든요.

그런데…… 어른들도 똥을 좋아하지 않나요?

Q

다섯 살, 세 살
장난꾸러기 형제의 엄마입니다.
요즘 둘이 너무 자주 싸워서
고민이에요.
형제들끼리 싸우는 거라
아직은 괜찮을까 싶다가도
친구들한테까지 난폭하게 굴까 봐
걱정스럽거든요.
아이들끼리의 다툼을
언제까지 두고 봐야 할까요?

죽을 때까지 그냥 놔두는 게 좋아요.

중간에 말리면 '이따가 다시 싸워야지!' 하고

생각할 테니까요.

뭐든 끝까지 하는 게 좋지 않을까요?

여섯 살짜리 딸이
정말 말을 안 들어요.

겨울에 목욕하고 나와 옷도 안 입고 알몸으로 돌아다니고, 밥을 먹다가도 중간에 일어나서 놀고, 밤에는 안 자고 아침에는 안 일어납니다. 여러 번 야단쳐도 매번 같은 짓을 하네요.

그 정도야 괜찮지 않나요?

나중에 크면
힘든 일이 더 많을 텐데
지금이라도 하고 싶은 대로
살게 해 주세요.

도깨비가 전화를 걸어서 혼내 주는 어플리케이션이 있잖아요, 그걸로 겁을 주면 어떨까요? 하지만 결국 어린아이는 원래 자기 하고 싶은 대로 하는 존재니까 현실을 받아들일 수밖에 없어요. 그게 바로 부모님들에게 닥친 시련이겠죠.

어른들은 자식을 너무 자기 편한 대로 움직이려고 해요! 우리는 로봇이 아니라고요. 그리고 고민 내용이 그리 큰 문제도 아니잖아요? 물론 다 커서까지 목욕하고 나서 알몸으로 돌아다니면 문제이겠지만요.

Q

애들아,
아이들은 밖에서 놀아야지,
왜 방에 처박혀 게임만 하는 거야?
차라리 집 밖에서 게임을 해!

어른들이야말로
햇볕을 쪼는 게
건강에 좋다던데요?

차 조심하시고요!

밖에는 위험한 것이 많아서, 선생님도 밖에서 오래 놀지 말라고 주의를 주는 걸요? 우리도 여기저기 가 보고 싶고, 놀고 싶은데 그게 안 된다고요! 안전한 장소에서만 놀아야 해요.

그렇게 밖에서 놀기를 바란다면 어른들이 책임지고 안전한 세상을 만들어 주세요! 도대체 이런 게 고민이라니, 이해가 안 가요!

Q

초등학교 5학년 딸아이의
말수가 줄었습니다.

더 자세히!

방문을 열고 "아빠 왔다" 하고 인사를 하면 "들어오지 마"라고 대꾸하고, 식사 시간에 말을 걸면 "그냥", "별로"라고 건성으로 대답하고, 주말에 외출하자고 해도 옷을 사 준다고 하지 않으면 따라 나오지 않습니다. 옷을 사 준다고 해도 따라올 확률은 반반이고요. 어릴 때는 그렇게 "아빠, 아빠" 하며 쫓아다니더니…… 아내와는 사이가 좋은 것 같아서 그것도 부럽습니다. 한창 그럴 나이이니 어쩔 수 없다고는 생각하지만, 어떻게 해야 딸과의 관계가 좋아질 수 있을까요?

아빠랑 거리를 둘 때가 됐어.

나도 아빠랑은 거리를 두는 걸요? 아빠란 존재 자체가 싫은 건 아니지만 어쩐지 좀 불편해요. 그러니까 억지로 다가오면 더 싫어질지도 몰라요! 거리를 좁히고 싶다면 우선 가만히 놔두세요. 그러다 보면 아빠가 얼마나 소중한 존재인지 깨닫게 되지 않을까요? 혹시 너무 신경쓰다 보니 오히려 귀찮게 굴고 있는 것 아닐까요? 요즘 부모님들은 너무 참견이 심해서 귀찮다니까요. 옛날 생각만 하지 말고 아이랑 좀 거리를 두는 게 좋을지도 몰라요! 아, 정말 귀찮아.

Q

일곱 살 아이가
말대꾸를 하기 시작했어요.

요즘 아이를 꾸중하거나 야단치면 "그게 뭐야!", "엄마도 안 하면서", "아까는 그렇게 말하지 않았잖아" 하고 저의 모순을 정확히 지적하는 딸아이의 대꾸에 말문이 막힙니다. "안 된다면 안 돼!"라고 엄하게 꾸중할 수 있는 부모가 되고 싶은데, 전혀 통하지 않아요.

부모님의 말과 행동이 일치하지 않는 게 제 생각에는 가장 큰 문제예요!

폭포 아래에 앉아 수련하면서 스스로를 돌이켜보고 마음을 다잡으세요! 억지로 시키면 누구나 절대 말을 듣지 않을걸요.

자기도 못하는 걸
나한테 하라고 하니까
이해가 안 간다고요.

뭔가 얻는 게 있어야
할 마음도 생기겠지요.

교장 신생님은 항상 왜 그렇게 오래 말씀하실까요?
정말 재미가 없어요.

가메오카 어린이 신문 호외

언제나 한가한 느낌이 드는 동네랍니다

가메오카에 놀러 오면
호즈 강을 따라
배를 탈 수 있어요.
아웃도어 스포츠도 역시
가메오카가 최고!
언제든지 놀러오세요!

가메오카는
이런 동네입니다

기본적으로는 아무것도 없어요! 하지만
공기는 있으니 사람이 살 수 있답니다.
좀 오래된 마을이라서 '21세기인데도
20세기' 같은 느낌이랄까요?
도시에서 살다가 가메오카에 오면 너무
시골스러워서 진심으로 당황할 정도의
동네죠. 하지만 30분이면 오사카나 교
토에 갈 수 있어서 도시와 아주 가까운
시골이랍니다.
밤이 되면 예쁜 별도 많이 보이고 반딧
불이도 날아다녀요. 아침에는 안개가 자
욱해서 해가 높이 뜰 때까지 앞이 보이

칙칙폭폭 도롯코 열차

영국 마

오래된
이즈모
대신궁

호즈 강 뱃놀이

멋진 운해

지 않아요. 하지만 그런 날에 산을 오르면 구름 위로 솟은 산꼭대기들이 섬처럼 보여서 구름이 마치 바다처럼 보여요. 어른들이 그러는데, 그게 바로 '운해'래요. 어떨 땐 진짜 산신령이 살고 있는 느낌이 들어요.

물도 깨끗해서 수돗물을 그냥 마실 수 있고요, 미용실이 많은 데도 머리를 삐죽삐죽 기른 사람이 많죠. 친구도 금방 생겨요. 이웃의 아저씨, 아줌마 들끼리 다 아는 사이거든요. 한마디로 살기 좋은 동네랍니다.

매력 만점?? 가메오카 액티비티

가메오카에서는 기차역 바로 옆에 있는 축구장 벽에서 암벽타기를 할 수 있어요. 하늘에서는 패러글라이딩, 강에서는 래프팅을 즐길 수 있죠. 온천도 있고, 계절마다 아름다운 꽃이 가득 피어요.

맛있는 장아찌를 만들 수 있는 순무도 캘 수 있고, 먹으면 장수한다는 두루미냉이 약초도 유명해요. 그리고 가메오카의 팥은 일본 최고예요! 맛있는 재료를 더 맛있게 요리할 수 있게 도와주는 숫돌도 품질이 아주 좋아요.

오래된 동네라서 이즈모 대신궁 같은 사원도 있어요. 엄청 긴 소프트 아이스크림도 있고, 산속에 옛날 영국을 그대로 재현한 영국 마을 '드림튼(dreamton)'도 있어서 바비큐 파티를 열 수도 있죠. 옛날 아케치 미쓰히데라는 성주가 살았던 성터도 있고요.

진짜 〈가메오카 어린이 신문〉은
이렇게 생겼어요!

정말로
가메오카에서 발행합니다!
매달 2만 부, 올 컬러 인쇄!

〈가메오카 어린이 신문〉은 〈교토신문〉의 부록으로 발행되고 있답니다.
작은 거북이를 찾는 코너가 가장 인기가 많은데, 어른들은 "거북이가 너무
작아서 못 찾겠다"고 진지하게 항의 전화를 할 정도랍니다.

가메오카 사람이라면 누구나 공감할 이번 달 한마디:

가메오카가 어디에 있냐고 묻는 사람에게
교토 옆에 있다고 대답해야 하는 슬픔

숨어 있는 거북이 10마리를 찾아라! 정답

〈가메오카 어린이 신문〉의 마스코트 거북이가 숨은 곳은, 17쪽 'A'
글자 속, 30쪽 '고민 중이에요' 오른쪽, 52쪽 'Q' 글자 옆, 66쪽 '좀
더 자세히!' 아래 그림 테두리 속, 74쪽 제목 아래 점선 오른쪽 끝,
88쪽 '글쎄요……' 말줄임표 속, 95쪽 '투덜투덜' 글자 아래, 113쪽 사
진 위 왼쪽 점선, 118쪽 숫자 왼쪽, 145쪽 '좋은 아빠' 오른쪽입니다!

가메오카 사람들의 슬픈 넋두리?

히트작 모음

◆ 가메오카의 지하철에는 자동문이 없어서 '열림', '닫힘' 버튼을 눌러야 문을 열고 닫을 수 있지요. 여기에 길들여진 나머지 지난번 도쿄에 가서 지하철을 탔을 때 열림 버튼을 찾다가, 버튼이 없어 두리번거리며 초조해한 기억이 있습니다.

◆ 얼마 전 시간이 없어서 황급히 립 밤을 발랐는데, 립 밤이 아니라 딱풀이었습니다……. 입술이 달라붙은 채로 화장실로 뛰어가 세수를 했어요. 떠들지 말라는 신의 계시일까요?

◆ '다이소'에서 파는 청소기가 엄청 좋다는 친구의 말을 듣고 일부러 버스까지 갈아타며 찾아갔지만 청소기는 아무 데도 없었다! 돌아와서 다시 한번 친구에게 물어보니 '다이슨'을 '다이소'로 잘못 들었던 것.

◆ 심각한 자리에서 "2년 전에 심근경색으로 고생했습니다"라고 말하려다가 "근심정색"이라고 잘못 말하는 바람에, 상대방이 어이없어했다……. 이 자리를 빌어 그때 함께 계셨던 모든 분께 사과 드립니다.

천진난만, 어린이 시선

지역밀착형 신문을 3년 동안 발행하게 되면, 가메오카 정도 규모의 동네 뉴스는 거의 다 취재할 수 있습니다. 하지만 〈가메오카 어린이 신문〉의 취재거리는 끊이지 않죠. 그 이유는 '어린이만의 시점'으로 동네를 보기 때문입니다. 어른이 눈치채지 못하는 눈높이에서 계속해서 취재거리가 쏟아져 나오죠.

▶ '정원과 공원의 차이점은 뭘까?' 혹은 '나이가 들면 어째서 화려한 색 옷이 좋아질까?' 등 우리 주변의 궁금증을 날카롭게 꿰뚫어 봅니다.

▶ 어린이의 눈높이는 늘 놀라움과 발견의 연속입니다. 어른들의 '당연함', '상식'이라는 말이 통하지 않는다는 점에서 매우 좋은 공부가 됩니다. 아이들은 끊임없이 우리에게 묻습니다.

"왜 공부를 해야 하나요?"라는 질문에는 어떻게 대답해야 좋을까요? 저 역시 공부가 더 필요할 것 같습니다.

어린이 기자들의 보물 사전

· ·

① 공룡 화석일지도 모르는 돌멩이

② 지우개똥을 모아 풀을 섞고
   딱딱하게 뭉쳐서 만든 공

③ 우유 팩으로 만든 로봇

④ 낚시 도구

참신한
아이디어라고
생각해 주세요!

엄마 아빠, 마음대로 버리지 마세요!

⑤ 길에서 주운 열쇠

⑥ 싸울 때 쓰기 좋은 막대기

⑦ 라무네 병에서 꺼낸 유리구슬

⑧ 예쁘게 생긴 빈 상자

⑨ 늦여름에 주운 매미 허물

3장

가장 큰 걱정거리는
제 자신이에요

Q

어깨 결림, 두통,
안구 건조증, 흰머리…….
늙어 가는 것이 무서워요.

서른여섯 살 생일이 지난 후부터 특히 신경이 쓰입니다. 피할 수 없다고는 해도
기분이 우울해지네요.

A

누구나 거치는 과정이에요. 그걸 가지고 투덜거리는 건 좀 이상하네요. 초등학생도 책가방이 무거워서 어깨가 결리고 허리가 아프고, 수업 시간에 계속 칠판을 보다 보면 눈도 침침해요……. 인간으로 태어난 이상 어쩔 수 없어요. 사람은 모두 늙고 언젠가는 죽을 테니까요!

이런 고민을
어린이에게 묻지 말라고요.

저기 계신
나이 많은 사람한테
물어 보세요.

 엄마 아빠, 알았으니까 좀 더 상냥하게 말해 달라고요!

Q

방 청소에 소질이 없어요.
늘 정리하려고 노력은 하는데
아무리 치워도 점점 엉망이
되어 버려요.
어떻게 하면 청소를 잘할 수
있을까요?

'어지르면 혼내는 도깨비'가 있으면?

학교에는 '청소 시간'이나 '청소 도구함' 같은 게 있는데, 어른들의 세계에는 없나요?

아빠한테 물어보니 회사에는 청소 담당이 깨끗하게 청소를 해 주신대요! 이상하죠? 자기 회사인데 왜 자기들이 청소하지 않는지 모르겠어요. 다른 사람에게 청소를 맡기니까 청소하고 정리하는 법을 점점 까먹는 거예요!

우리 학교에 와서 청소 당번을 맡아 보면 청소 잘하는 요령을 많이 배울 수 있을걸요?

Q

올 여름에도
다이어트에 실패했어요.

좀 더 자세히!

다양한 방법을 시도해 보고 있지만 전혀 살이 빠지지 않습니다. 피트니스 센터에도 등록해 봤는데 조금 빠졌다가 다시 원래대로 돌아오니 의욕이 사라져 가지 않게 되었어요. 체질이 이런 걸까요, 아니면 나이가 들어서일까요? (올해 53세입니다.) 어떻게 하면 좋을까요?

살을 빼서
해야 할 일이 있나요?

차라리
다른 사람을 돕는 게
낫지 않아요?

노력 부족이죠. 애초부터 진지하게 살을 뺄 생각이 전혀 없는 거예요. 우리 엄마도 항상 "살 빼야 돼!"란 말이 입버릇이지만 집안에서 나무늘보처럼 있거든요. 게다가 요리하면서 음식을 너무 자주 집어 먹고요. 몸매가 드러나지 않는 헐렁한 옷을 입지만 다 보인다고요.

어른들은 절대 진지하게 다이어트를 하지 않아요! 기본적으로 스스로에게 너그러운 것 같아요.

참, 남은 음식들을 아까워하면서 먹는 것도 위험해요. '어차피 안 빠질 텐데'라고 생각하니까 몸매가 점점 심각해지는 거라고요!

Q

아무리 연습해도
골프 실력이 늘지 않아요.

운동신경이 없는 것 아닐까요?

골프는 포기하고,

차라리 지금부터 다른 운동을 배워 보세요.

Q

아이, 반려동물, 반려식물…….
아무것도 키우지 않는데
괜찮을까요?
이러다가 나중에 내 몸 하나
건사하지 못할까 봐 불안해요.

우선 돌보기 쉬운 금붕어를 길러 보는 걸 추천해요.

아니면 이웃이나 친척 아이들을

잠깐씩 돌봐 주는 건 어떨까요?

그런 것들이 의외의 일로 이어질지도 모르잖아요.

힘내세요, 어른이니까요!

Q

말주변이 없어서 남들과 대화를
이어 가지 못해요.
남들이 뭔가 질문을 해도
"글쎄요…。" 하며 애매하게
말을 끝맺을 때가 많아요.
어떻게 하면 대화를 즐겁게 할 수
있을까요?

A

혼자서 해도 되는 일을 찾으면 어떨까요?

목수처럼요.

대화가 필요 없잖아요.

다들 관심 갖는 주제는 웬만하면 잘 통하니까 그런 주제를 찾아보세요. 그리고 정말 깜짝 놀랄 만한 얘기도 사람들이 좋아할 거예요. 기르던 장수풍뎅이가 한꺼번에 죽었다던가, 개똥을 밟았는데 냄새가 나지 않았다던가, 부엉이와 올빼미의 구별법 같은 화제가 좋겠네요.

어쩌면 자기가 좋아하는 것들에 대해서만 얘기하는 건 아닐까요? 학교에도 그런 애가 있는데, 다들 싫어하거든요. 상대방의 이야기를 듣고 맞장구를 쳐 줘야 한다고요!

Q

아이가 몇 살이냐고 물어서,
열 살이나 어리게
나이를 속였어요.

좀 더 자세히!

늦은 나이에 아이를 낳았는데, 어릴 때 "엄마는 몇 살이야?" 하고 묻길래 열 살이
나 어리게 대답해 버렸어요. 시간이 지나면 거짓말을 눈치채겠거니 싶었지만, 아
이는 열 살이 된 지금까지 "우리 엄마는 젊어"라며 여기저기 자랑하고 다녀서 이
제는 돌이킬 수 없는 상황이 되었네요.

A

처음부터 거짓말을 한 게 잘못이에요. 반성하세요.

하지만 언젠가는 알게 될 거예요. 왜냐하면 언제까지고 열 살이나 어리게 속일 수는 없잖아요.

도대체 왜 어리게 보이고 싶은지 모르겠네요. 그건 허영일 뿐이에요. 어차피 언젠가는 다들 늙어서 할머니, 할아버지가 된다고요!

아이가 좋아하는 걸
선물해 주고
진실을 고백한 뒤
사과하세요.

 우리 이모가 남자의 희망사항은 여자의 불만이라고 알려 줬어요.
여자의 희망사항은 남자의 불만이고요.

Q

싫증을 잘 내요.
어떻게 해야 꾸준히 계속할 수
있을까요?

무엇이든 관심을 갖고 시작할 때까지는 좋은데, 6개월에서 1년 정도 지나면 곧
질려 버려요. 한 번 해 봤으면 그걸로 만족하거든요. 남들은 그 이후부터가 중요
하다고 말하지만…… 왠지 귀찮아지네요.

A

꾸준하게 안 한다는 거 자체가 이미 그 일을 안 좋아하는 거잖아요. 계속해야 한다는 생각을 버리고 이것저것 차근차근 하다 보면, 언젠가 '이거야!' 싶은 일을 발견하지 않을까요?

……모르겠네요.

다른 사람한테 물어봐도 해결될 거 같지도 않고요.

툴덜투덜

야구 선수들을 부를 때 왜 '포수', '투수'는 '수'자 돌림이고, '타자'만 '자'자로 끝날까요?

SNS가 너무 재미있어서
끊을 수 없어요.

항상 앱을 켜 두고 확인하지 않으면 불안하고, 친구가 쓴 새 글이 올라올 때마다
바로 확인하고 꼭 댓글을 달아요. 사진도 몇 번씩 다시 찍고, 여행을 가거나 외식
을 하러 갈 때에도 장소를 고르는 기준은 'SNS에 올릴 수 있는 곳'입니다. 중독
까지는 아닌 것 같지만 가끔씩 신경 쓰이긴 합니다. 이런 제가 이상한가요?

우리한테는 '게임은 하루 두 시간', '유튜브 시청은 숙제를 마친 뒤에' 같은 규칙이 있어요. 그러니까 어른들도 SNS를 하는 시간을 정해 두면 돼요!

SNS는 기본적으로 근사하게 사는 척하는 사람들이 '멋있어!', '부러워!'라는 말을 듣기 위한 쓸데없는 거니까, 휘둘리면 인생의 낭비예요!

우리한테는 모두 다 사이좋게 지내라고 하면서, 사실 어른들도 다른 사람의 험담을 하잖아요. 그러니까 전쟁이 사라지지 않는 거예요! 어른들부터 모범을 보이라고요!

Q

마흔을 앞둔 여자입니다.
남편에게서 아저씨 냄새가 난다며
비웃던 어느 날,
제 얼굴에서도 비슷한 냄새가
난다는 사실을 깨닫고 충격
받았어요.

페브리즈를 얼굴에 뿌려 보면 어떨까요? 저는 발 냄새가 심한데, 엄마가 늘 "페브리즈 뿌리고 와!" 하거든요. 하지만 얼굴에서 냄새가 난다니 심각하네요. 얼굴에서 퀴퀴한 느낌이 들 테니 세수할 때 꼼꼼히 씻는 수밖에 없겠죠?

그렇다고 향수를 마구 뿌리거나 하지는 마세요. 향수로 목욕한 듯한 어른이 지하철 옆자리에 타서 숨 막혀 죽을 뻔한 적이 있다고요. 그 방법은 절대 쓰지 마세요. 향수 냄새와 땀 냄새가 뒤범벅된 동물원 같은 냄새가 났단 말이에요!

 도대체 '어른스러운 태도'가 뭐죠? 속마음을 감추는 걸까요?

Q

월급을 받는 족족 다 써 버려서
돈을 못 모으고 있어요.

33세 남자입니다. 월급을 받으면 금방 다 써 버려요. 술 마시고, 게임하고, 옷 사고……. 아무리 돈을 벌어도 모자라네요. 그래도 대출금은 없으니 당장은 괜찮을 것 같지만, 언젠가 가족이 생기면 그것도 불가능하겠죠?

결혼하지 않으면
되잖아요?

아니면 부자랑
결혼하든가요.

뭐,
어렵겠지만.

돈 관리를 야무지게 해 줄 사람이랑 빨리 결혼하면 어떨까요?
하지만 결혼할 돈이 없겠죠……. 절대로 안 열리는 저금통을 사
서 매일 조금씩 저금을 하는 건 어때요? 그것도 아니면 다른 사
람에게 돈 관리를 맡기는 게 좋겠어요.
그런데 저는 준비물이나 숙제를 스스로 챙기지 못해서 부모님
께 맡기려고 했다가 혼났어요. 안 되는 건 안 되나 봐요.

Q

졸음을 참는 법을
알려 주세요!

수험생인데 잠이 쏟아져요. 동아리 활동도 해야 하고, 숙제도 산더미 같은데 말이에요. 솔직히 공부가 힘들어도 어쩔 수 없다는 것쯤은 알아요. 하지만 체력이 따라 주지 않는지 눈꺼풀이 너무 무겁습니다. 잠을 줄일 수 있는 방법을 가르쳐 주세요!

가장 싫어하는 사람이 성공한 모습을 상상해 보세요.

헉!

짜증 나서 잠이 확 깰지도 몰라요!

매운 걸 많이 먹으면 눈이 번쩍 뜨일걸요? 아니면 빨래집게로 귓불을 꼬집어 보세요. 귀걸이를 한 것처럼 보이기도 하겠지만 아파서 잠이 깰 거예요! 귤을 까서 그 즙을 눈에 찍 쏘는 방법도 있어요. 밥을 먹으면 졸리니까 공부하기 전에는 굶는 게 어떨까요? 아니면 고개가 꾸벅 떨어질 때 칼이 날아오는 장치를 설치해 두면 무서워서 잠이 안 올지도 몰라요. 졸릴 때마다 자리에서 일어나 팔굽혀펴기를 해도 좋고요. 체력도 기르고 일석이조 아닌가요? 그것도 아니면 일찍 자고 일찍 일어나는 건요? 하지만 이런 질문을 할 시간에 영어 단어 한 개라도 더 외우는 게 좋지 않을까요?

Q

하는 일마다 잘 안 풀려서
매사에 자신이 없어요.

딱히 이렇다 할 장점이 없는 아주 평범한 보통 사람입니다. 친구가 여러 가지 분야에 도전해 보는 게 어떠냐고 하길래 노력해 봤지만, 계속 실패해서 우울해요. 그러니 점점 더 아무것도 손에 안 잡히고요. 어떻게 해야 자신감을 가질 수 있을까요?

일단 정말 좋아하는 일을 찾는 게 어떨까요? 낮잠도 좋고, 발음하기 어려운 문장을 빨리 말하는 잰말놀이 같은 것도 괜찮아요. 정말로 좋아한다면 여러 번 실패하더라도 도전할 마음이 계속 샘솟잖아요. 포기하면 끝이라는 말도 있고요! 그래도 일이 잘 안 풀리면 충분히 준비를 하고 시작하는 태도가 필요할지도 몰라요.

실패하지 않는 세 가지 조건을 가르쳐 드릴게요! (1)정보를 충분히 수집할 것, (2)무엇이든 경험해 볼 것, (3)돈이 없더라도 포기하지 말 것! 이렇게 하면 자신감을 가질 수 있을 거예요!

그리고 상상력이 중요하다는 얘기도 들은 적 있어요. '나는 할 수 있다! 할 수 있다!' 상상하는 거죠. 그러면 정말로 잘할 수 있게 될 테니까, 힘내세요.

툴덜툴덜

생일날 한 살 더 먹는다는 사실이 기쁘면 '어린이',
한 살 더 먹는 게 슬프면 '어른'이래요.

Q

발렌타인데이가 정말 싫어요.
없어졌으면 좋겠습니다.

초콜릿 가게의 상술일 뿐인데 사람들은 왜 이렇게까지 열심인 걸까요?
돌이켜 보면, 초등학교 시절 어머니가 "초콜릿 받았니?"라고 한마디 물어본 날이
제 인생의 첫 번째 좌절 경험이었습니다. 발렌타인데이를 맞아 학교 전체가 웅성
웅성 들뜬 분위기였는데 혼자 동떨어져 쓸쓸함을 느꼈던 사춘기 시절도 떠오르
고요. 사회인이 되어 회사 동료에게 '의리 초콜릿' 정도야 받게 되었지만 해마다
괴로운 기억만 쌓여 갈 뿐이에요.

옳은 말씀이에요! 발렌타인데이는 초콜릿 회사의 꿍꿍이일 뿐이니 앞으로 무시해도 되지 않을까요? 초콜릿을 많이 받은 사람들은 잔뜩 먹고 충치나 생겨 고생하게 놔두자고요. 게다가 초콜릿을 먹으면 살쪄서 보기 싫게 배도 나올 거고, 그러면 또 다이어트 회사만 부자가 되겠지요.

이제 다들 힘을 합쳐서 발렌타인데이 소탕 작전을 펼치도록 해요. 솔직히 좀 촌스럽잖아요. 초콜릿의 힘을 빌려야 고백을 할수 있다니, 어쩐지 한심하기도 하고요. '의리 초콜릿'이니 '우정 초콜릿'이니 초콜릿을 사느라 돈을 쓰느니, 발렌타인데이를 없애 버리자고요. 진짜 그렇게 하는 게 좋겠어요.

투덜투덜

> 우리더러 시끄럽다고 하지만, 가만 보면 어른들이 더 시끄러운걸요!

Q

환갑이 지나고부터
건망증이 심해져서
걱정입니다.

엄마 더 자세히!

손주가 좋아하는 만화영화를 몇 번이나 같이 봐도 제목이 뭔지 모르겠어요. 연예인 이름은 물론이고 이웃 사람의 이름도 금방 생각나지 않을 때가 많습니다. 남편과도 "그거 어떻게 됐지?" "그게 뭔데?" "있잖아, 그거, 그거……" 같은 대화를 하루에도 몇 번씩 되풀이한답니다. 치매는 아닐 텐데, 어떻게 해야 할까요?

우선 병원에 가서 검사를 받아 보시는 게 어떨까요?

검사 결과에 특별한 문제가 없다면 그냥 기억력이 좀 나빠진 것일 테니, 피할 수 없는 길이잖아요. 꼼꼼하게 메모를 하는 습관을 기르면 괜찮을 거예요.

Q

제 인생은 끝이에요.
정말 지긋지긋해요.
힘든 일이 너무 많아요.

밑바닥까지 내려가 봐야 행복하다고 느끼지 않을까요?

영화도 마찬가지예요. 마지막이 해피엔딩인 게 가장 좋잖아요!
주인공이 파란만장하고 절체절명의 위기에 처하면 더 재미있고
요. 그러니까 괜찮아요. 지금 힘든 일이 많을수록 틀림없이 히트
작 인생이 될 거예요!

Q

치아 교정을 하고 싶은데
좀 귀찮아요.

더 자세히!

어른이 되니 고르지 못한 치열이 신경 쓰입니다. 일상생활에 지장이 없기도 하고,
치아 교정을 하려면 돈도 많이 들고 아프다네요……. 어떻게 하면 좋을까요?

A

이가 삐뚤빼뚤해도 인생을 열심히 사는 게 더 중요해요. 저희가 열심히 응원할게요!

사실 우리 담임선생님도 이가 고르지 않은데, 아니, 고르지 않은 정도가 아니라 아예 'X'자로 나 있어 최악의 상태거든요. 밥 먹고 나면 이 사이에 분명 음식물이 껴서 힘들 텐데도 전혀 신경 쓰지 않으세요. 참 대단하죠?

열심히 일해서
부자가 된 다음,
시간이 날 때
교정하면 되잖아요?

제 젖니라도
빌려 드릴까요?

툴덜툴덜

어른들은 자유로운 아이들이 부럽다고 하지만, 우리는 전혀 자유롭지 않아요! 부모님이 정한 대로 따라야 하고, 가기 싫은 학교도 나녀야 하고, 학교가 끝나면 학원도 여러 군데 가야 한다고요!
진짜 자유로운 건 어른들이지요.

〈가메오카 어린이 신문〉은 어떻게 만들어질까?

이 책의 씨앗이 된 〈가메오카 어린이 신문〉의
어린이 기자들이 어떻게 인터뷰를 하는지,
밀착 취재해 보았습니다!

우선 동네를 여기저기 탐험해요!

관심이 가는 장소나 사람을 찾은 뒤, 다들 모여서 그중 무엇을 취재할지에 대해 의논합니다. 의견이 서로 나뉠 때는 가위바위보로 정해요.

취재 약속을 정하는 건 어른들께 부탁한답니다. 왜냐하면 저희가 직접 약속을 정하려고 해 봤는데, 긴장한 상태로 통화를 하려니 목소리가 떨려서 장난전화로 오해받은 적이 많거든요.

취재하러 갈 때는 노트와 연필을 준비해요. 그리고 봉투도 필요하죠. 가는 도중에 예쁜 꽃이 피어 있거나 공벌레를 발견하면 담아야 하거든요.

취재를 할 때는 궁금한 것을 뭐든지 질문해요!

"눈앞에 파리가 보이면 단번에 잡을 수 있나요?", "사람은 죽으면 어떻게 될까요?" 이런 질문을 받으면 어른들은 난감한 표정을 짓는답니다.

인터뷰 내용을 노트에 정리한 뒤 편집장님께 드리면 끝이에요!

동네 게이트볼 동호회를 취재했을 때의 사진이에요. 그밖에도 드론이나 시각장애인 안내견 등 다양한 대상을 취재한답니다.

4장

어른이 되어도
아직 모르는 것이
많습니다

Q

요즘 젊은 사람들의 사고방식을
이해할 수가 없습니다.
정이 없다고 해야 할지,
이기적이라고 해야 할지…….
세대 차이가 너무 나는 걸까요?
같은 인간으로서 실망할 때가
정말 많습니다.

모두가 나랑
똑같아야 한다고
생각하는 건가요?

불쌍한
어른이네요.

우리도 나이 드신 분들이 무슨 생각을 하는지 잘 모르겠어요. 그분들은 궁금한 게 생기면 굳이 전화를 걸어 물어보고, 부러 시간을 내서 장을 보러 가잖아요. 궁금한 점은 인터넷으로 검색하면 알 수 있고, 사고 싶은 게 생기면 인터넷 쇼핑몰에서 주문하면 되는데 말이에요! 나이 드신 분들은 뭐 하나를 하더라도 시간을 들여 천천히 하는 것 같아요. 어느 쪽이 옳은지는 모르겠지만 자기한테 편한 쪽을 선택하면 되지 않을까요? '서로 다름'을 인정하는 것이 중요하다고 학교에서 배웠거든요!

나날이 환경오염도 심해지고,
몸에 나쁜 음식이 많다는
뉴스를 보면 불안한 마음을
어찌할 수 없습니다.
앞으로 세상이 어떻게 변할까요?
어린이 기자 여러분은
불안하지 않은가요?

사람마다 기준이 다르지 않을까요? 우리 반에도 급식 시간에 우유를 전혀 마시지 않는 친구도 있고, 원산지를 꼼꼼하게 따지는 친구도 있답니다.

어린이는 어른을 믿을 수밖에 없잖아요? 이상한 어른들 때문에 우리가 나쁜 음식을 먹고 이상해지면, 다 어른들 책임이에요. 그러니까 어른들은 제발 신경 써 주세요.

Q

쩝쩝 소리를 내며 밥을 먹는
친구가 있어요.
점심을 같이 먹을 때마다
너무 신경이 쓰이는데
민감한 문제라 차마
말을 꺼낼 수 없네요.

그래도 이야기하는 수밖에 없지요.

휴대 전화로 녹음해서 밥 먹을 때 나는 소리를

들려주는 방법이 가장 좋겠네요.

왜냐하면 스스로 깨닫지 못하면

고칠 수 없으니까요…….

Q

도쿄에서 태어나고 자란
사람입니다.
교토나 오사카처럼
다른 지방 사람들은
제가 쓰는 말이 낮간지럽고
나긋나긋하게 들린다는데,
어린이 기자 여러분도 그렇게
생각하나요?

A

표준어는 "○○야?", "○○했니?" 같은 말투죠? TV 속 사람들의 말투는 멋있긴 해도 사실 좀 낯간지러워요. 표준어 쓰는 사람들은 사투리를 두고 '말투가 드세다', '품위 없다'고 함부로 말해요.

각 지역마다 사투리가 있듯이 말도 여러 가지인데, '표준어'라는 표현은 좀 짜증나요! '도쿄 사람들이 쓰는 말'일 뿐이잖아요! 왜 뭐든지 도쿄가 기준이어야 하죠? 그게 더 화가 나요. 디즈니랜드가 있는 건 부럽지만요.(※따지고 보면 디즈니랜드는 도쿄 옆 지바현에 있긴 하죠.)

 운전면허증 속 아빠의 얼굴은 아무리 봐도 지명수배자 같아요.

Q

나이 많은 부하 직원을 어떻게 대해야 할까요?

저보다 나이 많은 부하 직원이 새로운 일을 꺼려서 참 난감합니다.
게다가 실수를 조금만 지적해도 "그런 지시는 받지 않았는데요" 하고 부루퉁한
표정을 짓습니다. 나이 어린 사람 밑에서 일하는 상황을 힘들어하는 마음이야 이
해하지만, 상사인 저도 똑같이 힘들다고요.

서로 역할을 바꿔 보면 어때요?

저기요,

이거 어때요?

상사의 어려움을 이해하지 않을까요?

이제는 나이나 성별, 국적이 상관없는 시대잖아요. 필요 없는 사람은 어디에서도 일하지 못하고요. 학교에도 전혀 쓸모없는 선생님이 있고, 이웃 중에는 이름만 'OO회장'일 뿐 전혀 일하지 않는 사람도 있어요. 아마 세상에는 더 쓸모없는 사람들이 많을 거예요. 나이가 많아도 부하 직원이니까 더 엄하게 대해야 해요. 필요 없는 사람은 쓸모가 없으니까요!

"몇 살처럼 보여요?" 같은 질문은 세상에서 사라졌으면 좋겠어요!

저는 남의 나이 같은 건 관심이 없어요! 기왕이면 '칭찬해 주자' 싶어 몇 살 어리게 대답을 해 주지만, 그런 생각을 하는 것 자체가 귀찮기도 하고, 어쩌다 실제보다 더 많게 대답했을 때는 분위기가 싸늘해지죠. 애당초 그런 미묘한 질문을 한 건 상대방인데, 왜 제가 난감한 기분이 드는지 화가 나요.

A

그럴 때에는 아예 몇 살처럼 보이고 싶은지 되물어 보면 어떨
까요? 어른들은 다 그렇게 하더라고요.

아니면 이제부터 누구한테나 "스무 살"이라고 대답해 주는 방법
은 어때요? 뭐라고 대답할까 고민하는 것도 시간 낭비이니까요.

투덜투덜

110V 콘센트 구멍은 왼쪽과 오른쪽의 길이가 서로 달라요!
집에서 이 사실을 발견하고 깜짝 놀랐다니까요.

Q

어른과 아이,
어느 쪽이 더 좋을까요?

아이가 낫죠.

왜냐하면 실수해도 금방 용서받고,

기본적으로 어린이는 누구에게나 예쁨받는

존재니까요.

어른은 귀엽지도 않고 잘난 척만 하잖아요?

우리 아빠를 보면 매일매일 일만 해서

행복해 보이지도 않고요!

Q

행복이란 무엇일까요?
잘 모르겠어요.

음…… 좋아하는 노래를 부르는 것?

행복이란 자기가 정하는 거니까

자기 마음속에 있는 거라고 생각해요.

무엇을 할 때 행복하다고 느끼는지

곰곰 생각해 보세요.

우리한테 물어보지 말고요.

Q

신입 사원들이 회사를
오래 다니게 하려면
어떻게 해야 될까요?

젊은 사람들이 하나둘 회사를 그만두고 있습니다. 《신입 사원 대하는 법》이나 《신입 사원 교육 매뉴얼》같은 책을 읽고 제가 젊을 때 선배나 상사에게 배운 대로 조금만 주의를 줘도, 요즘 신입 사원들은 사표를 쓰고 병원에서 진단서를 떼어 와서 휴직계를 내네요.

열심히 할 때마다
칭찬 스티커를 주세요.

아니,
간식이 더 좋아.

월급을 올려 주면 되잖아요. 그럴 수 없다면 월급 말고 다른 재미를 만들어 주세요. 그러면 회사를 그만두지 않을 거예요! 우리도 공부보다 재미있는 일이 더 많아서 매일매일 학교를 다니는 거라고요. 분명히 그 회사는 월급 말고 다른 매력이 없는 거아닐까요? 왜냐하면 매력이 넘치는 회사라면 사람들이 그만두지 않을 테니까요.

한 가지 더, 고리타분한 말은 따분하게 들리니까 옛날이야기는 절대 꺼내지 마세요. 우리 아빠도 "21세기가 되었는데 사고방식은 여전히 19세기인 사람들 때문에 세상이 발전하지 못하는 거야"라고 했어요.

Q

우리는 왜 태어났을까요?

우리가 세상에 태어난 데에는 뭔가 이유가 있을 테니까
그 이유를 찾는 수밖에 없어요!
어쩌면 행복해지기 위해 태어난 거 아닐까요?
왜냐하면 다들 "행복해지게 해 주세요" 하고
기도하잖아요.

Q

저는 좋아하는 연예인을 볼 때마다
'살아 있구나!' 하고 느끼는데,
어린이 기자 여러분은
언제 '살아 있구나!' 하고
느끼나요?

'살아 있구나!'라는 건 감정을 느끼는 거라고 생각해요.

'기쁘다', '즐겁다', '정말 짜증나! 바보 멍청이!'

이런 생각을 하는 게 바로 살아 있다는 증거죠.

아무 감정도 없다면 죽은 것과 똑같아요.

Q

남자와 여자 중
어느 쪽이 더 편할까요?

남편은 집에 오면 늘 스위치가 꺼진 것처럼 "피곤해"라면서 빈둥거려요. 저는 집안일에 아이까지 돌보느라 하루 종일 쉬지 않고 일하고 있는데 말이에요. 남편은 일도 많고, 사회생활도 해야 해서 힘들다고 주장하는데, 집안일에 육아에…… 남자보다 여자가 훨씬 힘든 것 같아요.

A

둘 다 힘들다고 생각해요. 도움을 받고 싶다면 포인트 적립 제도를 만들어서, 집안일을 할 때마다 포인트를 적립해 주고 나중에 좋아하는 것을 사 주면 어떨까요? 아니면 이혼신고서에 도장을 찍어 두었다가 언제든지 내밀 수 있게 준비해 놓던가요. 그러면 집안일을 할지도 몰라요. 우리 부모님을 보니까 싸웠을 때 외할아버지랑 외할머니가 오시니 아빠가 순순히 사과하던데, 그런 방법도 있겠네요.

애초에 도와줬으면 좋겠다는 생각 자체가 헛된 희망일지도 몰라요. 만화나 소설처럼 한번쯤 서로의 일을 바꿔서 해 보면 어때요? 트랜스젠더인 가메오카 시의원 아카사카 마리아 씨를 인터뷰한 적이 있는데, 우리는 남자랑 여자 반반인 마리아 씨가 가장 좋다는 결론을 내렸어요.

툭덜투덜 여자는 남자의 잘못만 지적해요.
항상 남자를 나쁜 사람처럼 선생님께 일러바쳐서 싫어요.

Q

저한테 맞는 일이 있을까요?

이력서 내고 면접 보는 것도 지쳤어요. 주위 사람들은 모두 취업을 했는데, 저만 계속 떨어지네요. 이제는 회사를 다녀야 하는 이유도, 제가 무엇을 위해 일하려고 하는지도 모르겠어요.

그걸 내가
알 리 없잖아요.

'정말 싫은 것'
하나만 정해 두면,
마음이 편해지지
않을까요?

하고 싶은 일이나 미래의 꿈이 없나요? 아마도 다른 사람들보다 잘하는 게 있을 거예요. 내 친구 중 한 명은 공부도 못하고 정말 바보인데, 발이 빨라서 선생님한테 "넌 운동선수가 될 수 있어"라는 칭찬을 받고 좋아했거든요. 자기가 잘할 수 있는 걸 하나만 찾아보세요.

Q

나이가 들고
죽음이 다가온다는 사실을
순순히 받아들이기 어려워요.
죽는 게 두려워요.

A

천국이라는 다른 세상이 기대되지 않나요?

어떤 의미로는 살아 있기 때문에 고민하고 괴로워서 힘든 거니까, 죽으면 아무것도 느끼지 않게 되어 편할 거예요.

그리고 '죽는 것이 무섭다'고 생각하면 살아 있는 시간이 불행해지잖아요! 지금은 살아 있으니까 살아 있는 동안에는 즐거운 일들만 많이 생각하면 돼요!

남은 급식을 먹고 싶은 애들끼리 가위바위보를 하기로 했는데 부끄러워서 낄 수가 없었어요! 사실은 여자도 밥을 많이 먹는다고요!

Q

좋은 부모가 되고 싶은데,
좀처럼 쉽지가 않아요.
'좋은 엄마'란 어떤 엄마일까요?
'좋은 아빠'란 어떤 아빠일까요?

좋은 엄마

화내지 않는 엄마, 예쁜 엄마, 요리 잘하는 엄마, 말이 잘 통하는 엄마, 화장을 진하게 안 하는 엄마.

좋은 아빠

퇴근하면 집에 바로 오는 아빠, 멋있는 아빠, 부자 아빠, 귀찮아하지 않고 잘 놀아 주는 아빠, 잘난 척하지 않는 아빠, 이상한 냄새가 나지 않는 아빠.

어떤 자식이 '좋은 자식'일까?

글쎄······.

어차피 알려줘 봤자 바뀌지 않을 거면서.

툴덜툴덜 어른들은 왜 "꿈이 뭐니?", "커서 뭐가 되고 싶어?" 같은 질문을 하는 거죠?

"친구와 사이좋게 지내",
"네가 양보해 줘"라고
아이를 자주 타이르지만,
모든 친구와 사이좋게
지낼 필요가 있을까요?
사실은 꾹 참으면서까지
양보하지 않아도 된다고
생각해요…….

‘어른스럽지 않은 말’을
하는 어른이 오히려
믿을 만해.

맞아,
나도 그래.

그 말이 맞다고 생각해요. 왜냐하면 싫은 애는 뭘 해도 싫으니까요! 우리 엄마도 "노력해도 도저히 좋아지지 않는 사람과는 거리를 둬"라고 자주 말씀하시거든요. 사실 요즘 아빠한테 살짝 짜증이 나서 거리를 두고 싶은데 그게 잘 안 돼서 고민이에요. 하지만 그러다가 다시 사이가 괜찮아지겠죠. 나 자신을 사랑한다면 남들에게도 착해질 수 있지 않을까요?

Q

경제 불황, 저출산, 고령화사회,
자연재해…….
미래가 걱정됩니다.

A

살아 있다는 사실이 근사하지 않은가요?

나는 내 인생의 주인공이에요. 자연재해가 일어나더라도

인생을 즐기고 행복을 느끼는 사람도 있어요.

모든 건 생각하기 나름 아닐까요?

솔직히 주말 내내 집에서 빈둥대는 엄마 아빠 모습은 참 한심해 보여요.

〈가메오카 어린이 신문〉에 대해서

〈가메오카 어린이 신문〉 어린이 기자들의 취재는 가차 없습니다. "싫어", "맛없어", "재미없어"를 연발하죠. 아부 같은 것도 하지 않습니다. 꾸밈없는 말, 서투른 문장, 솔직한 발언. 하지만 이런 것들이 정곡을 찌를 때가 많죠.

"아이들은 아무것도 모른다", "어른이 항상 옳다"는 말은 거짓말입니다. 아이들에게는 어른이 잃어버린 소중한 무언가가 분명 남아 있습니다. 어른들끼리의 탁상공론보다 아무 생각 없이 툭 던진 아이들의 말이 이상하게 더 설득력이 있었던 적은 없었나요? 어떤 때에는 가차 없이 단칼에 잘라 내는 잔혹함이 세상의 이치를 깨달은 것처럼 보이기도 하고, 그러다가도 모든 것을 품어 주는 위대한 사랑을 내보일 때도 있어서, 아이들이란 정말로 신기한 생명체인 것 같습니다.

저는 현재 커뮤니케이션 교육을 하는 회사를 운영하고 있습니다. 10년 동안 신문기자로 일하면서 다양한 사람을 만나고 그 사람들과 어울리다가, 살아가는 데 중요한 것은 '커뮤니케이션'이라는 사실을 깨닫고 지금의 일을 시작했습니다.

소가족화가 계속되고 지역 간 교류도 희박해진 지금, 어린이들에게 정말로 필요한 교육은 무엇일까요? '위험한 일에는 엮이면 안 된다'는 교훈이 아니라 오히려 다양한 사람들과 어울리면서 어떤 사람인지 꿰뚫어 보는 판단력과 자기방어 능력을 기르는, 스스로 사람들 속으로 뛰어들어 세상을 개척해 나가는 자세가 아닐까요? 그리고 그러한 능력은 '취재'를 통해 배울 수 있다는 생각이 〈가메오카 어린이 신문〉을 시작한 동기였습니다. 아울러 '정보발신 도구'인 신문을 '교육 도구'로 전환하는 새로운 시도이기도 했습니다.

새로운 시대에는 지금까지 해 왔던 방식이 막다른 길에 부딪힐 때도 많습니다. 그렇기 때문에 어른들의 고정관념을 깨부수는 아이들의 존재감이 보다 더 크게 느껴집니다. 자, 취재하러 가자! 아이들의 안테나에 포착된 기삿거리와 이야기들은 오늘도 내일도 반짝거리며 어른들에게 날카롭게 와닿겠죠.

〈가메오카 어린이 신문〉 편집장

다케우치 히로시

고민을 해결해 드립니다
어린이 기자 상담실

1판 1쇄 발행 2020년 1월 15일
1판 3쇄 발행 2021년 11월 5일

글쓴이 가메오카 어린이 신문
그린이 요시타케 신스케
옮긴이 정인영
펴낸이 김성구

주간 이동은
콘텐츠본부 고혁 송은하 김초록 김지용
디자인 이영민
마케팅 송영우 어찬 윤다영
관리 박현주

펴낸곳 (주)샘터사
등록 2001년 10월 15일 제1－2923호
주소 서울시 종로구 창경궁로35길 26 2층 (03076)
전화 02-763-8965(콘텐츠본부) 02-763-8966(마케팅본부)
팩스 02-3672-1873 | 이메일 book@isamtoh.com | 홈페이지 www.isamtoh.com

ISBN 978-89-464-2116-5 03830

값은 뒤표지에 있습니다.
잘못 만들어진 책은 구입처에서 교환해 드립니다.